Leserabe
1. Lesestufe

Vanessa Walder • Katja Reider •
Maja von Vogel

Feenzauber!
Zauberhafte Mädchengeschichten

Mit Bildern von Betina Gotzen-Beek
und Eva Czerwenka

Ravensburger Buchverlag

Bibliografische Information der Deutschen Nationalbibliothek:

Die Deutsche Nationalbibliothek verzeichnet diese Publikation
in der Deutschen Nationalbibliografie.
Detaillierte bibliografische Daten sind im Internet
über **http://dnb.d-nb.de** abrufbar.

1 2 3 12 11 10

Diese Ausgabe enthält die Bände
„Feengeschichten“ von Vanessa Walder mit Illustrationen von Betina Gotzen-Beek,
„Prinzessinnengeschichten“ von Katja Reider mit Illustrationen von Betina Gotzen-Beek sowie
„Ballettgeschichten“ von Maja von Vogel mit Illustrationen von Eva Czerwenka.

Ravensburger Leserabe

Umschlagbild: Betina Gotzen-Beek
Umschlagkonzeption: Sabine Reddig
Printed in Germany
ISBN 978-3-473-36317-9

www.ravensburger.de
www.leserabe.de

Inhalt

Vanessa Walder

Feengeschichten

Mit Bildern von Betina Gotzen-Beek

Inhalt

Feen-Fangen

Im Garten ist es schon fast dunkel.
Ich laufe einem Glühwürmchen nach.
Erwischt! Ich hab's gefangen!

Das Glühwürmchen kitzelt
mit den Flügeln meine Hände.
Aber ich lasse es nicht mehr los!

Ich flitze mit meiner Beute ins Haus.
Dort setze ich das Glühwürmchen
unter ein Glas und murmle:
„So ein dicker Brummer!“

„Ich bin nicht dick, Junge!“,
quiekt das Glühwürmchen.
„Und auch kein Glühwürmchen!“

Ich reiße die Augen auf.
„Du kannst ja sprechen“, rufe ich.
„Alle Feen können das“, sagt die Fee.

Ich habe eine Fee gefangen,
eine richtige Fee!
Was mache ich denn jetzt?
Da kommt mir eine Idee:
Feen erfüllen Wünsche, stimmt's?
„Beweise mir, dass du eine Fee bist!
Zaubere mir ein rotes Fahrrad.“

„Tja, dann lass mich frei“, sagt die Fee.
„Solange ich unter dem Glas bin,
kann ich nicht zaubern.“
Ich überlege. Ist das eine Falle?

„Und wenn du abhaust?“
Die Fee tritt gegen das Glas.
„Du bekommst dein Rad“,
ruft sie ungeduldig.

Ich hebe das Glas hoch.
Die Fee fliegt heraus und zaubert.

Schon steht ein rotes Fahrrad
in meinem Zimmer. Wahnsinn!
Sofort hüpfe ich in den Sattel.

Was könnte ich mir noch wünschen?
Da knallt es laut
und ich plumpse auf den Boden.
Mein Fahrrad ist weg.

„Du hast gelogen, Fee!“, brülle ich.
„Ich sollte ein Fahrrad bekommen.“

Die böse Fee kichert.
„Bekommen hast du es auch“,
sagt sie grinsend.
„Von behalten war nicht die Rede.“

Damit fliegt sie aus dem Fenster.
Wütend stampfe ich in den Garten.
„Willst du Glühwürmchen fangen?“,
fragt mich meine Mutter.
„Nein, eine Fee“, knurre ich.
„Aber diesmal eine gute.“

Schwimmflügel

Ich bin fünf Wochen alt
und kann noch nicht fliegen.
Dabei bin ich eine Fee!
Alle Feen können fliegen.

„Keine Eile“, murmle ich.
„Nur kein Stress. Ganz ruhig.“

Ich hänge an einem Ast
und soll loslassen.

„Spring!“, ruft meine Mama.
Ich mache die Augen zu
und lasse mich fallen.

Ich bleibe zwar in der Luft,
aber das liegt nicht an mir.
Ich hänge an einem Faden.

Der Faden gehört Rondella,
einer befreundeten Spinne.

Täglich übt sie mit mir,
aber es hilft alles nichts.

Traurig trotte ich zum Bach
und setze mich auf ein Blatt.

Meine Freunde fliegen vorbei
und winken mir von oben zu.

Da löst sich mein Blatt
und fällt in den Bach.
Alle kreischen erschrocken auf.
Feen können nicht schwimmen!

Meine Mama fliegt her zu mir.
„Nimm meine Hand!“, ruft sie.

Aber ich rutsche ab und
falle platschend ins Wasser.

Ich sinke wie ein Stein.
Da mache ich ganz von selbst,
was ich gelernt habe:
Ich schlage mit den Flügeln.

Plötzlich schieße ich nach oben
wie ein Pfeil und tauche auf.

Mit zwei Flügelschlägen
bin ich am Ufer.

Die anderen Feen klatschen.
„Deshalb kann sie nicht
durch die Luft fliegen“,
sagt Rondella lachend.
„Diese Fee
hat Schwimmflügel!“

Eine freche Fee?

Katze Mira liegt auf der Lauer.
Doch sie wartet nicht auf Mäuse,
sondern auf die freche Fee.

Die Fee kommt jede Nacht,
wenn Frauchen die Milch bringt.
Und dann ärgert sie Mira.

Auch heute bringt Frauchen Milch
und geht dann ins Bett.

Kurz darauf kommt die Fee
durchs Küchenfenster geflogen.

Erst sitzt sie nur da und wartet.
Aber sobald Mira Milch trinkt,
fliegt die Fee los.
Sie wirft einen Löffel zu Boden.

Mist! Frauchen denkt sicher,
dass Mira den Krach macht.
Mira springt auf den Tisch,
aber die Fee ist schneller.

Kichernd fliegt sie
auf die Lampe.

Wieder springt die Katze,
aber die Fee ist schon weg.
Jetzt sitzt sie auf der Pflanze.

Mira hetzt ihr nach
und stößt die Pflanze um.
Überall liegt Erde.

Frauchen wird denken,
dass Mira den Dreck macht.
Die Katze hört Schritte
und freut sich heimlich.
Endlich sieht Frauchen die Fee.

Das Licht geht an
und Frauchen kommt herein.

Sie schimpft nur mit Mira,
nicht mit der Fee.
Die sitzt lachend auf der Uhr.

Frauchen sieht nur den Dreck
und hört nur den Lärm.
Die Fee sieht und hört sie nicht.

Mira trinkt ihre Milch aus
und läuft ins Wohnzimmer.
Jede Nacht gewinnt die Fee.
Warum ärgert sie Mira immer?

Die Fee fliegt durchs Fenster.
Sie kommt wieder hungrig heim.
Die anderen Feen warten schon.

„Hat die Katze diesmal mit dir
ihre Milch geteilt?"

Die Fee schüttelt den Kopf.
„Das ist die dümmste Katze,
die mir je begegnet ist“, sagt sie.
„Vielleicht kapiert sie’s morgen.“

Namen, los!

Valerie schlüpft
in das Kleid,
das ich für sie gezaubert habe.

Heute findet der Ball statt,
auf dem sie ihren Prinzen trifft.
Damit das alles klappt,
braucht sie eine Fee: mich.

Ich mache so was ständig.
In Märchen brauchen Mädchen
andauernd gute Feen.
„Märchen sind doof“, sage ich.

Valerie nickt lächelnd
und streicht ihr Kleid glatt.
„Und was ist mit den Schuhen?“, fragt sie.
Ich wedle mit dem Zauberstab.

„Zum Beispiel Aschenputtel“, sage ich.
„Wer spielt die Hauptrolle?
Wer rettet die ganze Geschichte?
Richtig: die gute Fee!“

„Genau“, trällert Valerie.
„Gute Feen sind toll!
Bekomm ich noch eine Kutsche?“
Ich zaubere eine mit zwei Pferden.

„Und ihr Name?“, rufe ich.
„Wie heißt Aschenputtels Fee?“

Valerie zuckt mit den Schultern,
während ich ihr Locken zaubere.

„Das weiß keiner“, sage ich.
„Weil die Geschichte endet,
sobald das Mädchen heiratet.
Bei Dornröschen gibt es
dreizehn Feen ohne Namen.“

Ich helfe Valerie in die Kutsche.
„Fein siehst du aus“, sage ich.
„Der Prinz wird sich sofort
in dich verlieben.“

„Danke, gute Fee!“, ruft sie
und winkt aus dem Fenster.

„Hey, warte mal, Valerie!“
Ich fliege der Kutsche nach.
„Ich hab noch keinen Namen!
Schnell, sag meinen Namen, los!
Sonst endet die Geschichte und
keiner erfährt meinen Namen.
Valerie, warte doch …!“

Vanessa Walder wurde 1978 in Heidelberg geboren. Sie begann bereits während ihres Jurastudiums zu schreiben, arbeitete außerdem als freie Journalistin. Irgendwann hängte sie ihr Studium an den Nagel und war drei Jahre Chef vom Dienst der österreichischen Jugendzeitschrift TOPIC. Inzwischen lebt und arbeitet sie als freie Schriftstellerin in Wien.

Betina Gotzen-Beek zählt derzeit zu den beliebtesten Kinderbuchillustratorinnen. Mit ihren pfiffigen Zeichnungen hat sie schon zahlreichen Erstlesetiteln und Bilderbüchern einen unverwechselbaren Charme verliehen. Seit 1996 ist sie als freiberufliche Illustratorin tätig. Vorher hat sie Grafikdesign studiert und zeitweise auch als Restaurateurin, Floristin, Köchin und Verkäuferin gearbeitet.

Leserätsel

mit dem Leseraben

Hast du die Feengeschichten ganz genau gelesen? Der Leserabe hat sich ein paar spannende Rätsel für echte Lese-Detektive ausgedacht. Mal sehen, ob du die Fragen beantworten kannst. Wenn nicht, lies einfach noch mal auf den Seiten nach. Wenn du die richtigen Antwortbuchstaben in die Kästchen auf Seite 46 eingesetzt hast, bekommst du das Lösungswort.

Fragen zu den Geschichten

1. Was wünscht sich der Junge von der Fee? (Seite 11)

M : Ein rotes Fahrrad.

P : Ein blaues Gummiboot.

2. Was soll die kleine Fee lernen? (Seite 17)

O : Sie soll singen lernen.

Ä : Sie soll fliegen lernen.

3. Was macht die kleine Fee im Wasser? (Seite 24)

L : Sie fängt Fische.

C : Sie schlägt mit den Flügeln.

4. Warum ärgert die Fee die Katze Mira? (Seite 34/35)

H : Mira soll die Milch mit ihr teilen.

G : Die Fee mag Mira nicht.

5. Was wünscht sich die Fee von Valerie? (Seite 43)

D : Sie möchte mit ihr auf den Ball.

N : Sie möchte, dass Valerie ihr einen Namen gibt.

Lösungswort:

1	2	R	3	4	E	5

Katja Reider

Prinzessinnengeschichten

Mit Bildern von Betina Gotzen-Beek

Inhalt

Wer spielt mit Prinzessin Lilabel?

Prinzessin Lilabel hat alles:
Kleider aus Samt und Seide,
Spielzeug bis unter die Decke
und ein rosarotes Himmelbett.

Aber Prinzessin Lilabel hat niemanden,
der mit ihr spielt.

Lilabels Mama, die Königin,
muss von früh bis spät regieren.

Und Lilabels Papa muss immer
irgendeine Schule einweihen.
Oder ein Krankenhaus.
Oder einen Flohzirkus.
Keiner hat Zeit für Lilabel!

Da kommt Janne, das Zimmermädchen.
„Spielst du mit mir Mau-Mau?“,
bittet Lilabel.

Das Zimmermädchen lacht.
„Und wer räumt das Schloss auf?“
„Ich!“, verspricht Lilabel. „Hinterher!
Großes Prinzessinnen-Ehrenwort!“

Also gut.

Erst gewinnt Janne beim Mau-Mau.

Dann zeigt sie der Prinzessin,
wie man die Betten macht
und Staub wischt.
Sogar Fenster putzen lernt Lilabel.
Ruckzuck ist alles blitzeblank.

Lilabel geht in die Schlossküche.
„Machst du mit mir ein Puzzle?“,
bittet sie Max, den Küchenjungen.

Max lacht.
„Und wer bereitet das Essen zu?“
„Ich!“, verspricht Lilabel. „Hinterher!
Großes Prinzessinnen-Ehrenwort!“

Also gut.

Erst legen Max und Lilabel ein Puzzle.

Dann zeigt Max der Prinzessin,
wie man eine Suppe kocht
und einen Nudelauflauf.
Sogar backen lernt Lilabel.

„Hmm … Was für ein leckerer Kuchen!“,
lobt der König am Abend.
„Den habe ich gebacken!“,
ruft Lilabel stolz.
„Und geputzt habe ich auch!“

„Du??!!“ König und Königin staunen.

Da erzählt die Prinzessin
von ihrem Handel mit Janne und Max.
„So was gab es zu meiner Zeit nicht!“,
sagt der König kopfschüttelnd.

Aber dann muss er lachen.

„Und mit wem spielst du morgen, Lilabel?“, fragt die Königin.
„Mit dir!“, ruft Prinzessin Lilabel.
„Wollen wir uns verkleiden? Bitte, Mama!“

Die Königin fragt:
„Und wer soll für mich regieren?“

„Ich!“, verspricht Lilabel. „Hinterher!
Großes Prinzessinnen-Ehrenwort!
Ich habe auch schon
ein paar gute Ideen.“

„Na, da bin ich ja schon sehr gespannt!“, lächelt Lilabels Mutter.

Die wahre Geschichte von der Prinzessin auf der Erbse

Es war einmal ein Prinz.
Der wollte gerne heiraten.
Aber nur eine wirkliche Prinzessin!

Er suchte auf der ganzen Welt.
Aber nie war er sich sicher,
eine echte Prinzessin vor sich zu haben.

Doch eines Abends
während eines heftigen Unwetters
stand ein Mädchen vor dem Schlosstor.

„Lasst mich herein!“,
bat die pitschnasse Gestalt.
„Ich bin eine wirkliche Prinzessin!“

Die Königin war misstrauisch
und wollte die Prinzessin prüfen.
Sie legte ihr heimlich
eine Erbse ins Bett.

Darauf packte sie zwanzig Matratzen
und zwanzig Daunendecken.

„Warum tust du das, Mutter?“,
fragte der Prinz verwundert.

„Weil eine wirkliche Prinzessin
so empfindsam ist,
dass die Erbse sie stört.
Trotz all der weichen Decken“,
erklärte die Königin.
„Warte nur ab!“

Das Mädchen betrachtete indessen
sein seltsames Schlaflager.

Schließlich kletterte es hinauf
und hüpfte lustig
auf dem Bettenberg herum.
Hui – das war ja besser
als ein Trampolin!

Doch plötzlich
horchte das Mädchen auf!
Was war das denn
für ein Geräusch?
Dieses leise Fiepen da unten …
War da etwa jemand in Not?
Oje!

Blitzschnell warf das Mädchen
Decken und Matratzen zu Boden.

Bis es schließlich ganz unten
eine verängstigte Maus entdeckte.
Nanu, die Maus knabberte ja eine Erbse!
Wie kam die denn dahin?
Egal.

Beherzt nahm das Mädchen die Maus, streichelte ihr beruhigend übers Fell und trug sie nach draußen.

Dann türmte es die Betten wieder auf
und legte sich zur Ruhe.

„Und? Hast du gut geschlafen?“,
fragte die Königin am Morgen.

„Ein wenig unruhig war es schon“,
gab das Mädchen zu.
„In meinem Bett lag eine Erbse
und deswegen …“

„Oh, hört alle her!“,
unterbrach die Königin das Mädchen.
„Wir haben endlich
eine wirkliche Prinzessin gefunden!
Sie hat die Erbse bemerkt!“

Da strahlte der Prinz,
denn er hatte sich
in das Mädchen verliebt.
Dem Mädchen ging es ebenso.

Daher dauerte es nicht lange,
bis Hochzeit gefeiert wurde.
Mit Erbsenpüree und Mäusespeck.

Ein königlicher Nachmittag

Prinzessin Lissy ist zu Besuch
bei Cousine Irmchen.
Ach, ist das langweilig!

Während die Mamas plaudern,
starren die Prinzessinnen
Löcher in die Luft.

Aber plötzlich sagt Irmchen:

„Komm, ich zeig dir meine Diademe!“

Na toll …!

Genervt folgt Lissy ihrer Cousine.

Nanu, wo läuft Irmchen denn hin?

Ist das etwa ein Geheimgang?

Tatsächlich!

Irmchen wirft Lissy einen Umhang zu.

„Zieh den über!

Damit erkennt uns niemand!“

Schon schlüpfen die Mädchen
aus dem Schlosstor.
„Wollen wir zum Markt?“,
fragt Irmchen.

Prinzessin Lissy nickt aufgeregt.
„Au ja!“

Lissy sperrt Mund und Nase auf.
Hier ist ja was los!

All die Düfte und Farben,
die bunten Waren und Leckereien!
Und all die Händler und Musikanten –
herrlich!

Plötzlich horchen die Mädchen auf.
Ein Händler hält einen Jungen
fest und schreit:
„Du frecher Kirschen-Dieb!
Dir werde ich's zeigen!"
Irmchen strafft empört die Schultern.
„STOPP!", ruft sie.
„Lassen Sie sofort den Kleinen los!"

Schon stürmt sie auf den Händler zu.
Dabei stolpert sie über eine Kiste,
sucht Halt –
und reißt den ganzen Stand um!
Birnen, Äpfel und Kirschen
kullern zu Boden!

Irmchen ist starr vor Schreck
und der Händler krebsrot vor Wut.
„Na warte!“, brüllt er.

Zum Glück reagiert Lissy blitzschnell.
Sie wirft dem zornigen Händler
eine Münze zu
und dem Jungen ein Goldstück.

Dann packt sie Irmchen am Arm
und zerrt sie flugs durch die Menge.

Außer Atem erreichen die Prinzessinnen
den Geheimgang.
„Puh, das war knapp!“,
seufzt Irmchen.

„Aber sooo aufregend!“,
jubelt Lissy.
„Das machen wir bald wieder, ja?“

„Na, ihr zwei“,
lächeln die beiden Mamas,
als die Prinzessinnen zurückkommen.
„War euch langweilig?“

Irmchen und Lissy zwinkern sich zu.
„Och, nur ein bisschen …!“

Katja Reider, geboren 1960, arbeitete nach ihrem Studium mehrere Jahre als Pressesprecherin des Wettbewerbs „Jugend forscht". Seit der Geburt ihrer beiden Kinder purzeln ihr ständig Geschichten aus dem Ärmel, die sie nur einzusammeln braucht … Inzwischen hat sie mehr als hundert Kinderbücher veröffentlicht, die in viele Sprachen übersetzt wurden. Katja Reider lebt mit ihrer Familie in Hamburg. **www.katjareider.de**

Betina Gotzen-Beek zählt zu den beliebtesten Kinderbuchillustratorinnen, siehe Seite 44.

Leserätsel

mit dem Leseraben

Hast du die Prinzessinnengeschichten ganz genau gelesen? Der Leserabe hat sich ein paar spannende Rätsel für echte Lese-Detektive ausgedacht. Mal sehen, ob du die Fragen beantworten kannst. Wenn nicht, lies einfach noch mal auf den Seiten nach. Wenn du die richtigen Antwortbuchstaben in die Kästchen auf Seite 91 eingesetzt hast, bekommst du das Lösungswort.

Fragen zu den Geschichten

1. Was fehlt Prinzessin Lilabel? (Seite 52)

D: Sie hat niemanden, der mit ihr spielt.

R: Sie hat zu wenig Spielsachen.

2. Was bringt Janne Lilabel bei? (Seite 56)

O: Wie man Kuchen backt.

A: Wie man Fenster putzt.

3. Was macht das Mädchen auf dem Matratzenberg? (Seite 69)

S: Es bekommt Höhenangst.

D: Es hüpft darauf herum.

4. Warum wird es für eine Prinzessin gehalten? (Seite 75)

A: Weil es keine Angst vor Mäusen hat.

E: Weil es die Erbse bemerkt hat.

5. Wie kommen die Prinzessinnen aus dem Schloss? (Seite 80)

M: Durch einen Geheimgang.

T: Versteckt auf einem Kartoffelkarren.

Lösungswort:

1	I	2	3	4	5

Maja von Vogel

Ballettgeschichten

Mit Bildern von Eva Czerwenka

Inhalt

Paula will tanzen

Paula liebt Ballett über alles.
Sie hat eine Menge Ballettbücher
und übt jeden Abend
vor dem Spiegel in ihrem Zimmer
tanzen.

Paula hätte so gern Ballettunterricht,
aber ihren Eltern ist das zu teuer.
Außerdem geht Paula schon
zur Kindergymnastik.

Hinterher schaut sie manchmal
der Ballettgruppe beim Üben zu.
Am liebsten würde Paula mittanzen!

Heute ist die Gymnastikstunde
früher als sonst zu Ende.
Auf dem Weg nach draußen
kommt Paula am Ballettsaal vorbei.

Vorsichtig lugt sie durch die Tür.
Der Saal ist noch leer.

Auf leisen Sohlen schleicht Paula
hinein und sieht sich um.
Der Ballettsaal ist riesig
und die Wände sind voller Spiegel.

Paula stellt sich an die Stange
und macht ein paar Übungen,
die sie aus ihren Büchern kennt.
Dabei betrachtet sie sich im Spiegel.
Sieht gar nicht so schlecht aus.

Paula schließt die Augen
und fängt an zu träumen:
Sie ist eine berühmte Tänzerin
und steht in einem tollen Kostüm
auf der Bühne.

Musik erklingt
und Paula fängt an zu tanzen.
Sie wirbelt quer durch den Saal,
springt hoch in die Luft
und dreht sich wie ein Kreisel.
Das macht Spaß!

Plötzlich hört Paula ein Geräusch.
Sie bleibt wie angewurzelt stehen
und öffnet die Augen.
Eine Frau steht in der Tür
und klatscht. Die Ballettlehrerin!

Paula kriegt einen Mordsschreck.
Ihr Herz klopft wie verrückt.
Ob sie jetzt Ärger bekommt?

Aber die Lehrerin lächelt.
„Ich bin Frau Keller", sagt sie.
„Dein Tanz hat mir gefallen,
doch du musst noch viel lernen.
Willst du in meiner Ballettgruppe
mitmachen?"

Paula wird rot vor Freude.
„Gern! Aber ich weiß nicht,
ob meine Eltern einverstanden sind."

„Ich kann ja mal mit ihnen reden“,
sagt Frau Keller.
„Und dann sehen wir weiter, okay?“

Paula nickt. Sie ist überglücklich.
Vielleicht wird sie ja eines Tages
doch noch eine berühmte Tänzerin,
genauso wie in ihrem Traum.

Paulas erste Ballettstunde

Paula ist aufgeregt.
Heute ist ihre erste Ballettstunde.
Was, wenn die anderen Kinder
viel besser tanzen können als sie?

Sie zieht sich schnell um
und betritt den Ballettsaal.
Ein paar Mädchen sind schon da.
Sie haben Bodys und Strumpfhosen an.

Ein Mädchen trägt sogar ein Tutu!
Das ist ein kurzes Kleid aus Tüll,
so wie es echte Tänzerinnen tragen.
Paula hätte auch gern ein Tutu.

Plötzlich kommt sie sich
in ihren langweiligen Sportsachen
richtig blöd vor.
Am liebsten würde sie sich
einfach in Luft auflösen.

Doch da erscheint Frau Keller
und der Unterricht beginnt.
„An die Stange, Mädchen!“, ruft sie.
„Erst wärmen wir uns auf,
dann üben wir die Grundpositionen.“

Paulas Knie zittern ein bisschen,
aber sie macht trotzdem eifrig mit.
Die fünf Grundpositionen kennt sie
aus ihren Ballettbüchern.

In der ersten Position
sind die Beine geschlossen
und die Fersen auswärts gedreht.
Das ist gar nicht so einfach.

Paula strengt sich an
und die Zeit vergeht wie im Flug.
Paula vergisst ganz,
dass sie kein Tutu trägt,
sondern nur normale Sportsachen.

„Schluss für heute!“, ruft Frau Keller.
Sie nickt Paula zu. „Gut gemacht!“
Wie auf Wolken schwebt Paula
in den Umkleideraum.

Das Mädchen im Tutu lächelt ihr zu.
„Hallo, ich heiße Marie."
„Und ich bin Paula", sagt Paula.
„Dein Tutu ist echt toll."

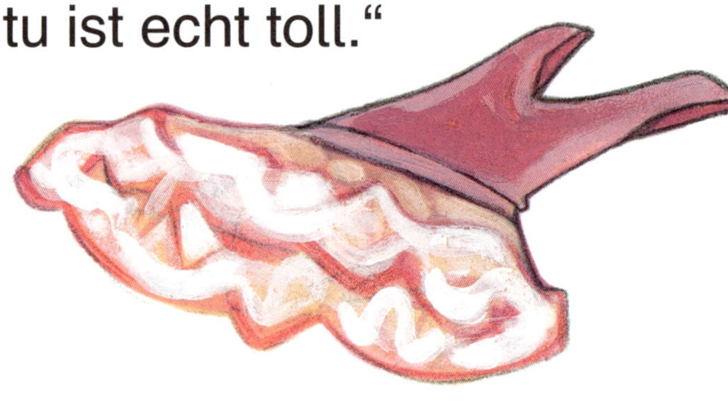

Marie zuckt mit den Schultern.
„Dafür tanzt du besser als ich."
Paula macht große Augen.
„Findest du?", fragt sie erstaunt.

Marie nickt. „Du bist richtig gut.
Vor allem bei den Grundpositionen.
Hattest du schon mal Unterricht?“
Paula schüttelt den Kopf.
„Aber ich übe jeden Tag zu Hause.“

„Wahnsinn!“ Marie ist beeindruckt. „Sollen wir morgen zusammen üben?“, fragt Paula zaghaft.

Marie nickt eifrig. „Superidee! Du zeigst mir die Grundpositionen und ich leihe dir dafür mein Tutu.“ „Klasse! Dann bis morgen.“

Paula winkt Marie zu
und tanzt aus dem Umkleideraum.
Marie ist echt nett.
Vielleicht hat Paula ja heute
eine Freundin gefunden …

Paulas großer Auftritt

Endlich ist es so weit!
Frau Keller und ihre Schülerinnen
führen ein richtiges Ballett auf.
Das Ballett heißt „Dornröschen“
und Paula tanzt die Hauptrolle!

Im Umkleideraum ist der Teufel los.
Alle sind furchtbar aufgeregt.
Ganz besonders Paula.
„Hoffentlich stolpere ich nicht
auf der Bühne“, jammert sie.

„Ach was“, beruhigt sie Marie.
„Wird schon alles gut gehen.“
Marie hilft Paula mit ihrem Kostüm,
einem wunderschönen Ballkleid
aus rosa Tüll.

In dem Kostüm fühlt sich Paula fast
wie eine echte Prinzessin.

„Beeilung!“, ruft Frau Keller.
„Gleich geht es los.“

Mit zitternden Knien trippelt Paula
auf die Bühne.
Ihre Hände sind eiskalt.
Der Vorhang geht auf. Paula blinzelt.
Die Scheinwerfer blenden sie.

Im Publikum sitzen so viele Leute!
Vor Schreck ist Paula wie gelähmt.
Sie weiß keinen einzigen Schritt mehr!

Da ertönt die Anfangsmusik.
Paula schließt die Augen
und tanzt einfach drauflos.

Plötzlich fällt ihr alles wieder ein
und sie stolpert kein einziges Mal.

Dann kommt die wichtigste Stelle:
Dornröschen wird verzaubert
und fällt in einen tiefen Schlaf.
Paula liegt reglos auf der Bühne.

Da juckt es sie plötzlich
am Rücken.
Ihr Kostüm kratzt wie verrückt!
Aber Paula darf sich nicht bewegen.

Sie leidet Höllenqualen.
Schweißperlen rollen ihr über die Stirn.
Dann hält sie es nicht mehr aus.

Vorsichtig hebt sie den Arm,
um sich am Rücken zu kratzen.
Ein paar Leute fangen an zu kichern.

Da tanzt Marie als Prinz herbei.
Sie merkt, dass etwas nicht stimmt,
und beugt sich über Paula.
„Was ist los?“, wispert sie.

„Das Kostüm juckt“, flüstert Paula.
„Küss mich schnell wach.“
Marie handelt sofort.
„Wach auf, Dornröschen!“, ruft sie
und gibt Paula einen Kuss.

Erleichtert springt Paula auf.
Das Stück ist zu Ende
und das Publikum klatscht
begeistert.
Paula und Marie verbeugen sich.

Dann flitzt Paula in den Umkleideraum
und reißt sich das Kostüm vom Leib.
Jetzt ist sie doch ganz froh,
keine echte Prinzessin zu sein!

Maja von Vogel, Jahrgang 1973, wuchs in Lingen/Ems als Älteste von drei Schwestern auf. Nach dem Abitur studierte sie Deutsch und Französisch in Münster, Göttingen und Paris und absolvierte anschließend den Aufbaustudiengang Buchwissenschaft in München. Sie arbeitete als Lektorin in einem Münchner Kinderbuchverlag, bevor sie sich als Autorin und Übersetzerin selbstständig machte. Inzwischen sind von ihr viele schöne Kinderbücher erschienen. Heute lebt Maja von Vogel mit ihrer Familie in Göttingen.

Eva Czerwenka, geboren 1965 in Straubing, hat schon als Kind gern gemalt und mit großer Begeisterung ihre Schulhefte illustriert. Am liebsten zeichnete und modellierte sie Tiere: Hunde, Schweine, Pferde, Krokodile und Delfine! Und weil sie das so gut konnte, studierte sie Bildhauerei an der Kunstakademie in München und schloss mit dem Diplom ab. Seitdem arbeitet sie als freischaffende Bildhauerin und Illustratorin und hat schon viele schöne Bilder für Kinderbücher gemalt.

Leserätsel

mit dem Leseraben

Hast du die Ballettgeschichten ganz genau gelesen? Der Leserabe hat sich ein paar spannende Rätsel für echte Lese-Detektive ausgedacht. Mal sehen, ob du die Fragen beantworten kannst. Wenn nicht, lies einfach noch mal auf den Seiten nach. Wenn du die richtigen Antwortbuchstaben in die Kästchen auf Seite 134 eingesetzt hast, bekommst du das Lösungswort.

Fragen zur Geschichte

1. Wer beobachtet Paula beim Tanzen? (Seite 102)

L: Ihre Gymnastiklehrerin.

K: Die Ballettlehrerin.

2. Was tragen die Mädchen in der Ballettstunde? (Seite 106/107)

A: Sie tragen alle ein Tutu.

O: Sie haben Bodys und Strumpfhosen an, und ein Mädchen trägt ein Tutu.

3. Was sagt Marie zu Paula? (Seite 113)

S: „Du bist richtig gut."

P: „Du musst noch sehr viel üben!"

4. Was führt die Ballettgruppe auf? (Seite 116)

V: Einen Volkstanz.

Ü: Das Ballett „Dornröschen".

5. Warum wird Paula auf einmal so unruhig? (Seite 126)

M: Es juckt sie plötzlich am Rücken.

F: Sie hat ihre Tanzschritte vergessen.

Lösungswort:

1	2	3	T	4	5

Leserätsel

mit dem Leseraben

Der Leserabe hat sich für dich noch einige Extra-Rätsel zu den Geschichten ausgedacht! Wenn du Rätsel 4 auf Seite 137/138 löst, kannst du ein Buchpaket gewinnen!

Rätsel 1

In dieser Buchstabenkiste haben sich vier Wörter aus den Geschichten versteckt. Findest du sie?

F	I	E	R	B	S	E
E	L	R	T	Z	C	V
E	L	P	L	I	U	B
W	T	U	T	U	Ä	G
Q	Ü	M	N	C	Z	F
F	A	H	R	R	A	D

Rätsel 2

Der Leserabe hat einige Wörter aus den Geschichten auseinandergeschnitten. Immer zwei Silben ergeben ein Wort. Schreibe die Wörter auf ein Blatt!

-zen Kö- Pau- Kat- -ze -nig -la tan-

Rätsel 3

In diesem Satz aus den „Prinzessinnengeschichten" von Seite 76 sind sieben falsche Buchstaben versteckt. Lies ganz genau und trage die falschen Buchstaben der Reihe nach in die Kästchen ein.

Dab straahlte derl Prinz,
delnn er hattee sicht
in das Mädtchen verliebt.

1	2	3	4	5	6	7

Rätsel 4

Beantworte die Fragen zu den Geschichten. Wenn du dir nicht sicher bist, lies auf den Seiten noch mal nach!

1. Mit wem übt die kleine Fee das Fliegen? (Seite 20)

V: Mit der befreundeten Spinne Rondella.

R: Mit ihrer Mutter.

2. Warum liegt Katze Mira auf der Lauer? (Seite 27)

A: Mira möchte die freche Fee fangen.

U: Mira will Mäuse fangen.

3. Was spielt Janne mit Lilabel? (Seite 56)

N: Sie spielen Verstecken.

L: Sie spielen Mau-Mau.

4. Wohin wollen Irmchen und Lissy? (Seite 81)

I: Sie möchten schwimmen gehen.

E: Sie wollen auf den Markt.

5. Warum ist Paula vor ihrer ersten Ballettstunde so aufgeregt? (Seite 105)

B: Sie hat ihre Ballettschuhe vergessen.

R: Sie befürchtet, dass die anderen Kinder besser tanzen als sie.

6. Welche Rolle tanzt Paula bei dem Auftritt ihrer Ballettgruppe? (Seite 116)

E: Sie tanzt die Hauptrolle, Dornröschen.

O: Sie spielt den Prinzen.

Lösungswort:

1	2	3	4	5	I	6

Rabenpost

Super, alles richtig gemacht! Jetzt wird es Zeit für die RABENPOST.
Schicke dem LESERABEN einfach eine Karte mit dem richtigen Lösungswort. Oder schreib eine E-Mail. Wir verlosen jeden Monat 10 Buchpakete unter den Einsendern!

An den LESERABEN
RABENPOST
Postfach 2007
88190 Ravensburg
Deutschland

leserabe@ravensburger.de
Besuch mich doch auf meiner Webseite:
www.leserabe.de

Lösungen:
Rätsel 1: Erbse, Tutu, Fahrrad, Fee
Rätsel 2: Paula, König, Katze, tanzen
Rätsel 3: Ballett